Lena Hesse   Philipp Winterberg

FIVE METERS OF TIME

Cinque metri di tempo

musically challenged mouse with home-made guitar

English
Italian

Translation (English): Christina Riesenweber and Japhet Johnstone
Translation (Italian): Gabriele Nero and Emanuela Usai

Idea/Text/Illustrations: Lena Hesse · Text/Publisher: Philipp Winterberg, Münster · Info: www.philipp-winterberg.com

The story that I want to tell you happened not too long ago in a city so big that it takes many days if you try to cross it by bike. Even by car it takes several hours.

This city is crammed full of life. Life that walks and stands and crawls, strolls, creeps, jumps and sometimes even flies. Nobody knows how many people exactly are living in this city, but there might be about seven and onety three quarter phantastillion ten and one billion gillion tweleven million hundred and twenty-four thousand three hundred forty-eight and eleven.

There is rarely a house that does not have at least twenty stories to accommodate all the people of the city.

And when you walk the streets of the city, the dizzy buzz of noises becomes so loud from time to time that you have to cover your ears for a bit to clear your head again.

La storia che sto per raccontarti è accaduta, non troppo tempo fa, in una città così grande che ci si volevano giorni interi per attraversarla tutta in bicicletta...

Ed anche in macchina ci voleva tantissimo tempo. Questa città era piena di vita. Vita che camminava, che strisciava, che passeggiava, che sgattaiolava, che saltava e che alcune volte addirittura volava. Nessuno sapeva con precisione quante persone vivessero in questa città, anche se qualcuno diceva che gli abitanti sarebbero potuti essere settantondici e tre quarti di un fantastilione diciauno bilioni di trilioni e quarantaquattromila e cinquecentoquarantasei e undici.

Raramente non c'è una casa che non abbia almeno venti storie per soddisfare tutti gli abitanti della città.

Alcune volte, quando la gente passeggiava per strada, a causa del rumore così forte e frastornante, era costretta a tapparsi le orecchie per rinfrescarsi le idee.

In this city, there began a day just like any other, a regular weekday, when most of the people were running errands early in the morning or going to work. It must have been about seven a.m., when a small and slightly hunch-backed snail was standing at a crosswalk.

Proprio in questa città cominciava un giorno come tanti gli altri, un normalissimo giorno della settimana, uno di quei giorni in cui generalmente la maggior parte delle persone comincia dalla mattina a correre senza sosta per andare al lavoro. Erano più o meno le sette del mattino, quando una piccola lumachina, ferma sulle strisce pedonali, pensava a come attraversare un grande incrocio.

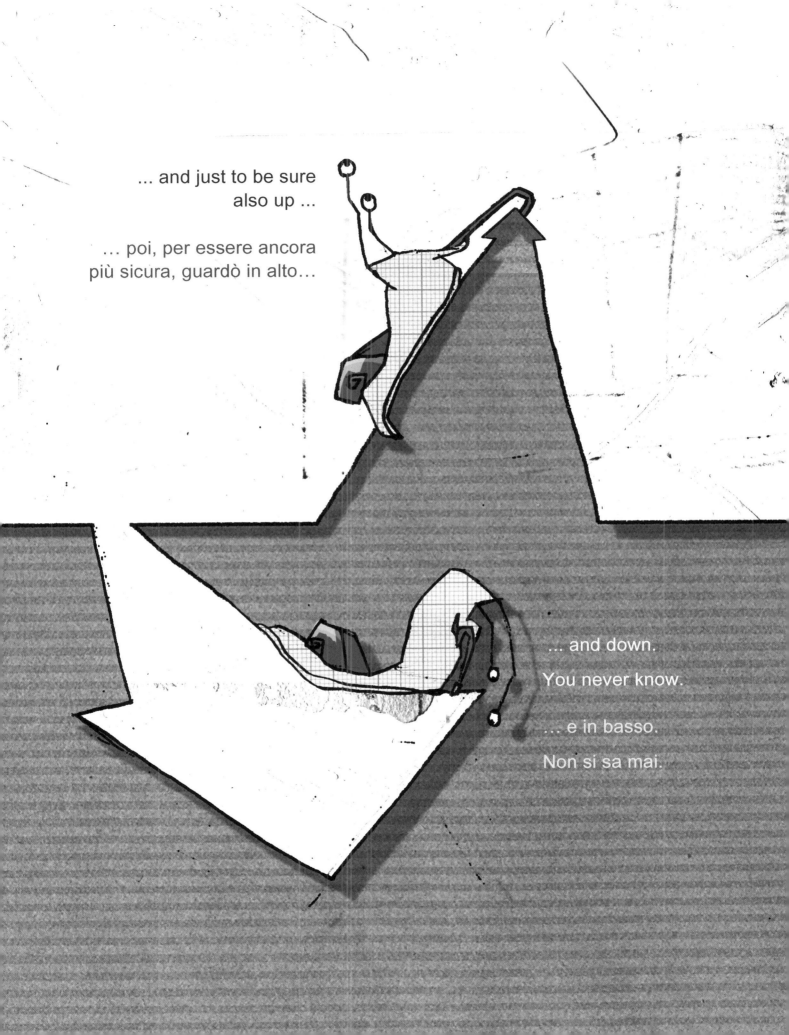

… and after it had convinced itself that all cars were still quite far away, it started its journey. And as it is common among all snaily creatures, it was moving incredibly ....s..............l.............o.............. ......w.............l..............y.....................

It hadn't even moved three inches by the time everybody else had already crossed the street and disappeared into the bustling crowds on the other side. The first cars came, some with silently squeaking tires, to a halt in front of the crosswalk.

I know what you're expecting now: people checking their wristwatches in annoyance, noisy complaints, long blasts of honking, maybe some random ruffian picking up the little snail to carry it to the other side of the street hastily, so that things could moveonfinallymoveon!

That's what you're counting on, right?

Nothing like that happened.

… e dopo essersi convinta che in giro non c'era nessuna macchina, cominciò il suo viaggio. E come tutti gli animaletti che strisciano iniziò a muoversi incredibilmente ....p............i............a.....
.............n........ ....o.... ....

Non si era mossa di più di tre centimetri nel tempo in cui tutta la folla aveva già attraversato la strada ed era sparita dall'altra parte. Allora giunse la prima macchina, che con le gomme silenziosamente stridenti si fermò davanti alle strisce pedonali.

So che cosa ti stai aspettando che succeda: persone spazientite che guardano nervosamente l'orologio, lamentandosi di essere in ritardo e poi un concerto di clacson impazziti forse che qualcuno che raccolga la piccola lumachina dalla strada e la porti frettolosamente dall'altro lato dell'incrocio così ci si può finalmente muovere!

Non era forse quello a cui stavi pensando?

In realtà accadde qualcosa di ancor più stupefacente.

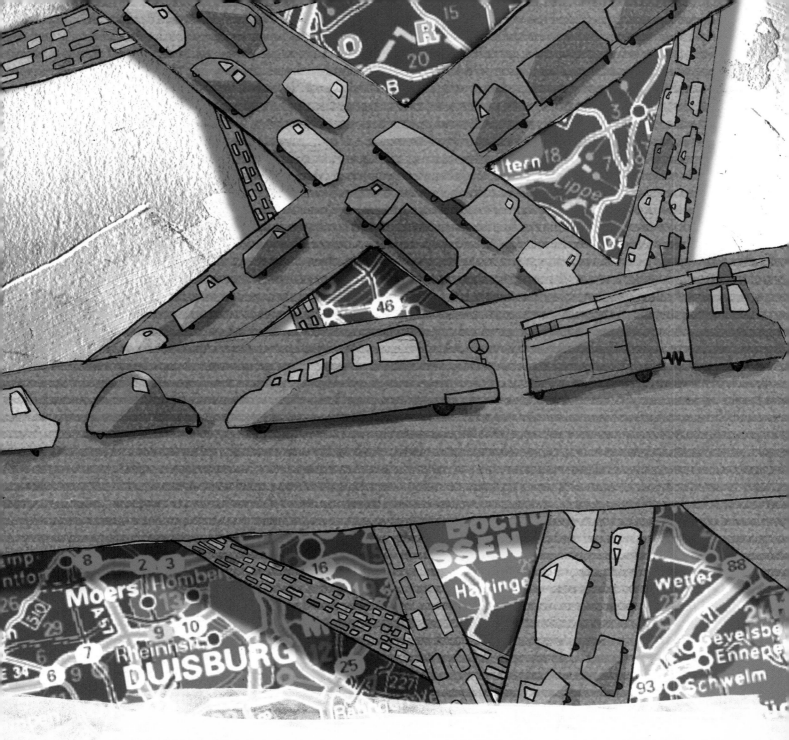

In a van that had stopped right in front of the crosswalk, there was a small tree frog. His job was to forecast the weather every day (once in the morning at six, then again at seven thirty, at noon and then again at eight in the evening).

He was the only weather-frog far and wide, and this is why he was broadcast on every TV channel in the city. The frog was about to honk his horn – considering that it was seven already and his next forecast was coming up in half an hour – when he saw, in his rear-view mirror, how behind him the sun was rising slowly and bathing all of the houses one by one in golden light.

Su un furgoncino, che si era fermato proprio al nostro incrocio, viaggiava un piccolo ranocchio che lavorava per le previsioni del tempo in onda ogni giorno in televisione (la mattina alle sei e alle sette e mezza, poi nel pomeriggio e infine alle otto di sera).

Era l'unico ranocchio delle previsioni del tempo, e per questo il suo programma veniva trasmesso da tutti i canali della città. Il ranocchio stava quasi per suonare il claxon – visto che erano quasi le sette e mancava solo mezz'ora alla messa in onda del meteo- quando si accorse, guardando attraverso lo specchietto retrovisore, che alle sue spalle stava sorgendo un'alba meravigliosa! Poco a poco tutte le case della città cominciarono a splendere di una luce dorata.

He frowned and thought to himself:
I'm always talking about the weather.
And I've been doing this for so long now
that I can't even recall the last time that
I actually felt and enjoyed the weather.
After all, there is no weather in the weather
studio.

He sat like that for a moment and then he
turned off the engine of his van, got out
and grabbed his weather-frog ladder to
climb on to the roof of a house.

And he picked the highest one in the
street.

Si imbronciò e pensò tra sé e sé: non faccio altro che parlare del tempo. E lo faccio da tanto tempo che non ricordo dell'ultima volta in cui mi sono fermato a godermelo. Dopo tutto nello studio non c'è nessun tempo.

Rimase così per un momento, poi spense il motore del suo furgoncino, uscì e prese la sua scala del meteo per salire sul tetto di una casa. E scelse la più alta della strada.

About the same time, an Italian violin that was famous well beyond the city limits, got out of her limousine and asked the driver to help her get on the roof of the car so that everybody would see her.

«Signorina», the driver piped up, «The rehearsal at the Philharmonic!» The violin wasn't worried. «At the Philharmonic, there are only empty rows of chairs at this point of the day. Some musically challenged mice at best!

But look around you – this place is full of people! There is no place nicer to play than this!»

As she stood on the roof, she curtsied and began to play for all the waiting people. And even though the song was very new (it wasn't to premiere until a week later and she still needed some practice) everybody was enchanted. They closed their eyes and listened in awe.

Più o meno negli stessi minuti, passava dall'altra parte dell'incrocio un violino italiano, famosa in tutto il mondo. Scese dalla sua limousine, chiese all'autista una mano per salire sul tetto della sua fuoriserie, di modo che tutti potessero vederlo.

"Signorina," strillò l'autista, " Le prove alla Filarmonica!". Il violino non se ne preoccupò. "In teatro a quest'ora ci sono solamente file di poltroncine vuote. Al massimo qualche topo senza orecchio musicale.

Ma guardatevi intorno: qui è pieno di gente, non c'è posto migliore per suonare."

Così dall'alto del tetto della limousine, fece un inchino e cominciò a suonare per le persone che aspettavano. Anche se il brano era nuovo (lo avrebbe presentato in anteprima la settimana dopo, e doveva ancora provarlo un po') rimasero tutti incantati. Chiusero gli occhi e vennero rapiti dalla melodia.

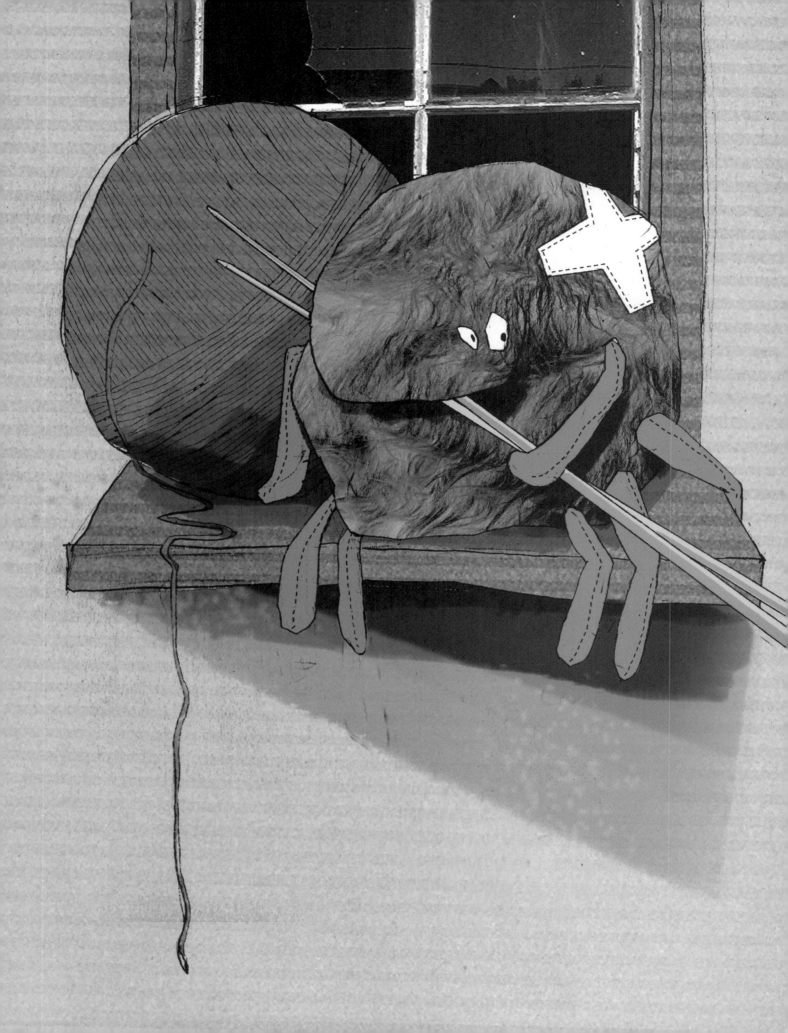

There was a scuttling in an alley. A scuttling the likes of which can only come from a many-legged creature. It was the cross spider who usually is never seen during daylight. Mostly, she spent nights annoying the tenants of the house by weaving her threads across their windows and doors and even across the street to make people trip. But now, to everybody's surprise, she lowered herself from a drainpipe and listened with half-closed eyes to the music of the famous Italian violin.

Then she picked up two long, thin sticks and started – her eyes still halfway closed – knitting.

In quella si udirono dei passi frettolosi in un vicolo, come se una creatura con molte zampe camminasse velocemente. Era il ragno crociato che non si fa mai vedere di giorno. Solitamente passa la maggior parte della notte infastidendo gli inquilini del palazzo tessendo ragnatele sulle finestre e a volte si diverte addirittura a tessere fili attraverso la strada per far inciampare i passanti. Però proprio in quel momento, tra la sorpresa di tutti, si calò giù con un filo dalla grondaia per ascoltare con gli occhi socchiusi la musica del famoso violino italiano.

Poi prese due enormi ferri per lavorare a maglia e, sempre con gli occhi socchiusi, cominciò a sferruzzare.

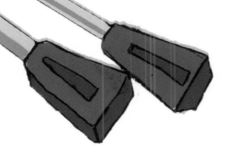

«What are you knitting? A scarf?» two penguins called up to the spider from the windows of their car.
«It is still way too hot for a scarf», replied the spider in a friendly tone. «I'm not quite sure what it's gonna be.»
The penguins consulted with each other briefly.

«Make a hammock!» one of them shouted. «Yes, a hammock!» the other one backed him up. And both climbed out of their car and waddled awkwardly up to the spider. «For the both of us!» they called out. «So we can put it up over the street and sit in it! And listen to the violin play and enjoy the sun!»
And after a little pause one said to the other: «And maybe we can play some cards.»

«We could play cards!» the other one shouted to the spider and explained: «You know, we work at the casino and there we can only watch other people play. We're just the card dealers!»

«Croupiers», the other whispered to him. «Croupiers!» the first one corrected himself and then said, facing the spider: «Will you knit a hammock for us?»

The spider smiled a friendly smile.

"Cosa stai tessendo? Una sciarpa?" Chiesero due pinguini dal finestrino della loro macchina. "E' ancora troppo caldo per una sciarpa!" rispose gentilmente il ragno "Non so di preciso cosa stia tessendo...". I due pinguini confabularono sotto i becchi. "Fai un'amaca!" gli urlò un pinguino. "Certo! Un'amaca!" ribatteva l'altro. E tutti e due uscirono dalla loro auto e caracollarono verso il ragno.

"Potresti costruirci un'amaca per tutti e due?!" chiese un pinguino con tono sorpreso. "Un'amaca che parta da un lato e finisca all'altro della strada, in modo che possiamo ascoltare la musica del violino italiano e godere un po' di questo splendido sole!" E dopo una piccola pausa l'altro pinguino: "E magari potremmo giocare a carte."

"Certo! Giocare a carte!" esclamò entusiasta l'amico pinguino e proseguì: "Sai, noi lavoriamo al Casinò e lì passiamo le nostre giornate a vedere gente che gioca. Noi siamo semplici mazzieri".

"...croupiers..." l'altro gli sussurrò nell'orecchio. "Croupiers!" si corresse, e poi disse al ragno. "E tu costruiresti un'amaca per noi?"

Il ragno sorrise amichevolmente.

Because spiders know how to work threads very well, it wasn't long before the two penguins were taking off their starched tuxedos and cozying up in a big hammock, made out of soft spider wool.

While the weather-frog was sitting in the sun, and while the violin was fiddling, and while the spider was knitting, and while the penguins were playing Go Fish and Rummy, at the crosswalk, in the third row, the door of a red truck opened and a gargoyle hopped out.

Siccome i ragni tessono molto bene, ci volle poco perché i due pinguini potessero togliersi i frac inamidati per stendersi comodi nell'amaca, fatta di soffice lana di ragno.

Mentre il ranocchio delle previsioni del tempo prendeva il sole, il violino continuava la sua sinfonia, Ragno proseguiva il suo lavoro di tessitura e i due pinguini giocavano a briscola e a rubamazzetto. Proprio in quel momento al nostro incrocio si fermò un grande camion rosso, dal quale scese un doccione.

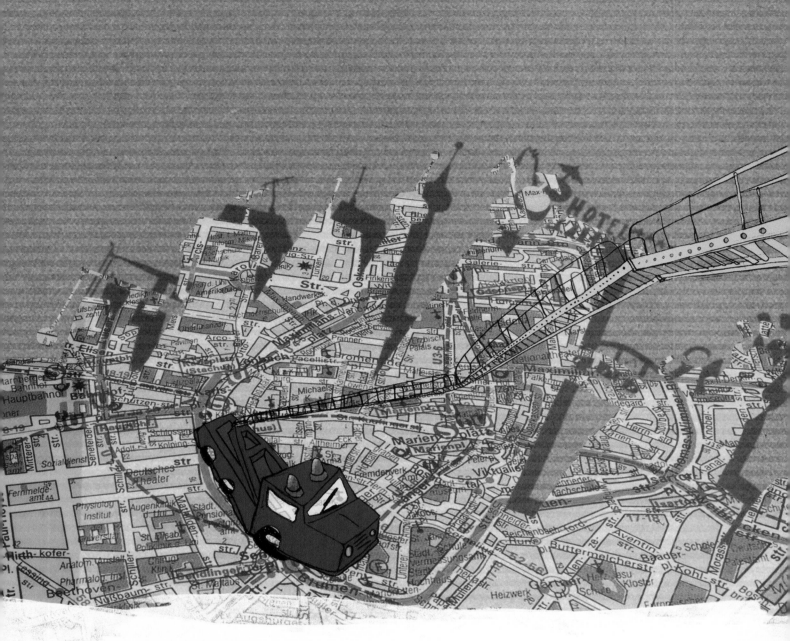

From the outside, gargoyles don't look much different from average dragons, but instead of fire they breathe – you guessed it: water.

Because of this special ability they usually work with the fire department. Therefore, nobody was surprised to see that this particular gargoyle was traveling in a fire truck. With a steady hand he extended the metal ladder that was part of the truck. «What are you up to?» somebody asked him – because there didn't appear to be a fire anywhere nearby or a kitten stuck in a tree.

«I stand on this ladder all the time, but I've never actually considered for a single moment just enjoying the beautiful view!» said the gargoyle with a grin.
Then he started his climb.

And when he saw the big city spread out below him in the warm sunlight, he was so full of joy that he made a big cloud of shiny bubbles that floated gently to the ground and burst with a barely audible … POP.

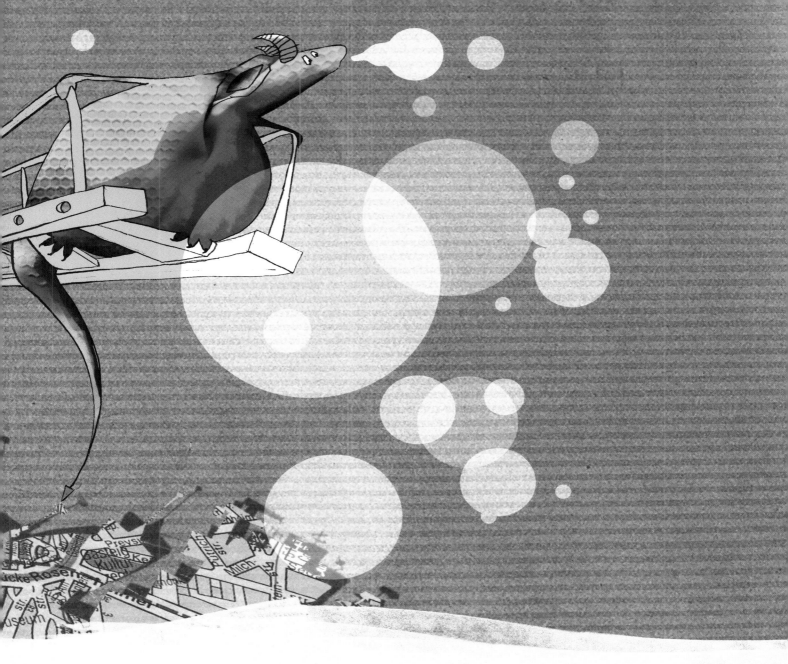

A prima vista un doccione non è molto diverso da un drago, ma invece di sputare fuoco, -indovinato!: sputa acqua!

A causa di questa eccezionale dote di solito lavorano come pompieri. Per questo nessuno fu particolarmente sorpreso nel vederlo arrivare sul camion rosso dei pompieri. In pochi secondi azionò la scala di ferro che stava nella parte dietro del camion. "Ma che stai facendo?" gli chiese qualcuno tra la folla visto che non si vedevano incendi, e non c'erano gattini bloccati su un albero.

"Passo intere giornate lavorando su questa scala,eppure non ho mai pensato di godermi la vista che si ha da quassù" disse con un sorriso scaltro. Allora salì in cima alla scala.

Quando vide la città stendersi sotto di lui nella calda luce del sole fu incredibilmente felice, tanto che fece una nuvoletta di bolle luminescenti che scesero lentamente verso terra, dove scoppiarono con un POP che si poteva appena sentire.

Many hours later, when
the little snail had finally
reached the other side
of the street, the twilight
of night was already
approaching.

Molte ore più tardi, quando
il sole stava per tramonta-
re, finalmente la nostra lumachina riuscì ad arrivare
dall'alta parte della strada

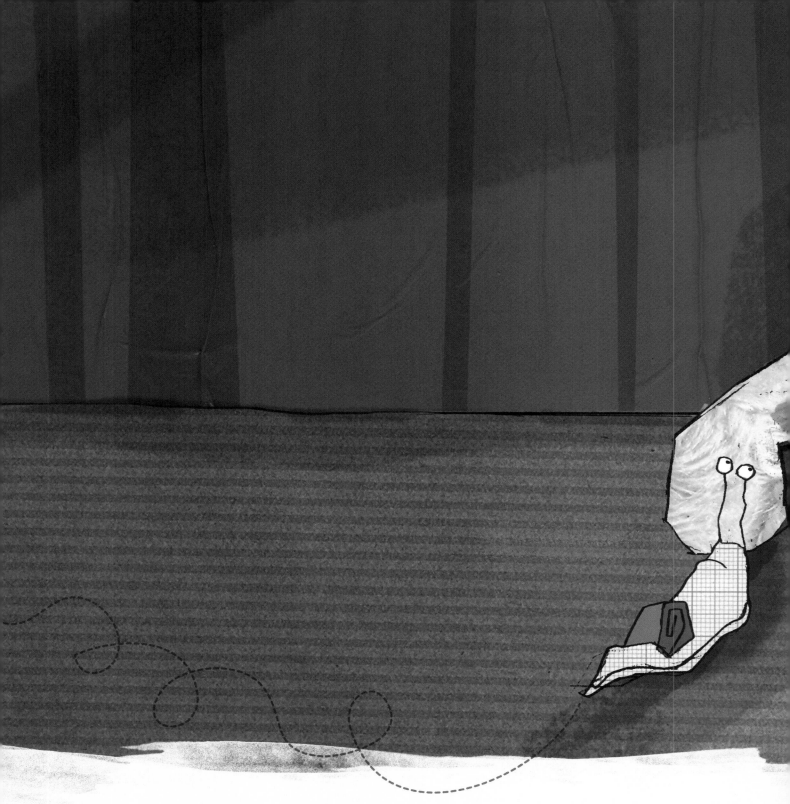

«Good to see you – I've just arrived, too!» the rabbit greeted. He had been waiting for the snail leaning against a light post. «What should we do? Are you hungry?»

«And how!» the snail sighed and its gaze turned all dreamy at the thought of fresh lettuce.

«I've been traveling for quite a while ...»

"Che piacere vederti! Sono appena arrivato anch'io" la salutò il suo amico coniglio. Pensa che la aveva aspettata fino al tramonto poggiato su un palo. "Che si fa? Hai fame?"

"Eccome!" sospirò la chiocciola, pensando con aria sognante ad una foglia di lattuga.

"Ho viaggiato tantissimo oggi!"

The weather frog decided to drive back to the TV studio once again to make the last weather forecast of the day. The next day would be sunny, he knew that. After all, he had been watching the sky all day. For the first time, he thought, I have the feeling that I actually know what I'm talking about.

Everybody else who had been waiting now continued on their way, filled with happiness from the sun, the music, and the bubbles. Some were carrying hammocks or clothes under their arms that the spider had made for them. The two casino penguins collected their playing cards, slipped back into their elegant tuxedos and gave their spot in the hammock over to the fat cross spider. She made herself cozy there and – tired from all her new impressions of the city in the daylight – fell asleep happily.

Il ranocchio delle previsioni del tempo decise che era ora di tornare in macchina, guidare fino agli studi televisivi e fare l'ultimo meteo della giornata. L'indomani ci sarebbe stato il sole, lo sapeva. Daltronde aveva passato tutto il giorno a guardare il cielo."Per la prima volta" pensò "ho avuto la sensazione di capire ciò di cui parlo ogni giorno."

Tutte le persone che avevano assistito alla splendida giornata ripresero la propria strada con il cuore peno di gioia per il sole, per la musica e per le bolle. Alcuni portavano sotto il braccio vestiti o amache fatte per loro dal ragno. I due pinguini ritirarono le carte da gioco,indossarono di nuovo i loro elegantissimi frac e cedettero il posto sull'amaca al ragno. Il ragno si mise comodo sull'amaca e, stanco per tutte le nuove impressioni di una giornata passata al sole, si addormentò felice.

More bilingual books

Am I small?
Bin ich klein?

Eventually Tamia finds the surprising answer ...

100+ languages available

In here, out there!
Ça rentre, ça sort !

Is Joseph a Noseph or something else entirely?

More languages available

Egbert turns red
Alberto se enrojece

Yellow moments and a friendly dragon ...

Many more languages available

THE END
FINE

INFO » www.philipp-winterberg.com

CPSIA information can be obtained at www.ICGtesting.com
Printed in the USA
LVIW01n1727130515
438367LV00021B/126